~~LE~~S AMOURS

DE

MONTMARTRE,

Comédie en un Acte et en vers,

Par M. FONPRÉ DE FRACANSALLE.

Représentée pour la première fois à Paris.

A PARIS,

Chez les Libraires qui vendent les Nouveautés,

1812.

PERSONNAGES.

L'ÉCHAUDÉ, *Maître Pâtissier.*
BRIOCHETTE, *sa fille.*
DARIOLETTE, *sa cadette.*
PATRONET, *Garçon Pâtissier.*
SALIGOT, *Cuisinier.*
LE BAILLI.
GATE-SAUCE, *Marmiton de l'Échaudé.*
BISCOSTIN, *Garçon Marchand de Vin.*
PEUPLES et ARCHERS.

La Scène est à Montmartre, dans la Boutique de l'Échaudé.

LES AMOURS
DE MONTMARTRE,
COMÉDIE.

Le Théâtre représente la Boutique d'un Pâtissier ; on aperçoit dans le fond un four ; il y a une table devant laquelle est occupé Patronet à rouler de la pâte lorsqu'on lève la toile.

SCÈNE PREMIÈRE.

BRIOCHETTE, PATRONET, *en veste blanche et un tablier.*

BRIOCHETTE *assise, regardant Patronet amoureusement.*
Je t'aime Patronet, et n'en fais plus mystère ;
Tu sais depuis long-temps combien je te suis chère.
Si ma mère voulait, nous pourrions aujourd'hui
Joindre notre fortune et calmer notre ennui.
Tes talens sont connus, et ta délicatesse
A faire des pâtés, à t'occuper sans cesse
A veiller sans relâche au soin de la maison,
Ont décidé mon cœur à t'aimer tout de bon ;
Mais je crains pour nos feux, et ça me désespère.
Saligot me recherche ; il a gagné mon père.
Ils sont presque d'accord.

PATRONET.
Cesse de t'effrayer ;
Jamais tu ne seras femme d'un Gargotier.
Si je puis l'attraper, va, son affaire est faite.
J'en jure sur ton cœur, ma chère Briochette.
Sur l'amour le plus tendre et sur mon tranche-lard,
Qui peut-être aujourd'hui va le mettre au rencart.
Je ne sais pas pourquoi ton père me méprise ;
Est-ce ma faute à moi si je suis sans chemise :
Les gages qu'il me donne, et le peu de profit
Qu'on a dans sa boutique, hélas ! est si petit,
Qu'à peine au bout du mois a-t-on pour le rogome.
Si j'étais un frippon !.... Mais je suis honnête homme,
Et je veux mériter ton amour et ta main.

BRIOCHETTE.
Ah ! mon cher Patronet, quel sera mon destin !
Si je pouvais fléchir le cœur de mon cher père,

J'obtiendrais aisément l'aveu de ma cher'mère ;
Mais ma mère est si tendre et mon père si dur,
Que ce serait casser sa tête contre un mur.
Quand il prend son parti, rien ne l'en fait rabattre.
Ose-t-on l'obstiner, il fait le diable à quatre.
Il a beaucoup d'esprit, et quoique Pâtissier
De Montmartre, il serait le premier Conseiller,
Si le Bailli voulait.

PATRONET.

Eh ! que diable ai-je affaire
Qu'on le fasse Bailli, Notaire ou Commissaire ?
Tout cela peu m'importe ! Il est question, je crois,
De la tendre amitié que ton cœur a pour moi..
Faisons tous deux serment, quelque chose qu'on fasse,
Dussions-nous essuyer la plus dure disgrace,
De vivre et de mourir constans dans nos amours,
Sans que rien désormais en arrête le cours.
Je jure le premier.

BRIOCHETTE.

Ah ! juste Ciel ! je tremble.
N'est-il pas à propos que nous jurions ensemble ?

PATRONET.

Oui, vous avez raison. La chose en vaudrait mieux ;
Mais je suis en état de jurer pour nous deux.
Je vais le prononcer ce serment ... Or.... écoute.

BRIOCHETTE.

Prononce, cher amant ; je te suivrai, sans doute.

PATRONET.

Si tu jases toujours, je ne saurais jurer.

BRIOCHETTE.

Je garde le silence et vais me modérer.

PATRONET.

Je jure par l'amour qui tous deux nous enflamme,
Qu'avant qu'il soit minuit tu deviendras ma femme ;
On aura beau crier ; au voleur ! au larron !
Dès ce soir je t'enlève hors de cette maison.
Si j'y manque, je veux que mon four m'engloutisse,
Qu'il rissole mon cœur tout comme une saucisse,
Que tout mon sang se fige, et qu'à l'instant soudain,
De ce sang tout figé l'on fasse du boudin.

BRIOCHETTE.

Ah ! mon fidel ami, s'il faut que tu périsse,
Ta maîtresse à l'instant en aura la jaunisse.
Rien ne saura tarir la source de mes pleurs,
Si je vois arriver ces funestes malheurs.
Mais quelqu'un vient à nous. Mon ami, c'est mon père !

Il va faire sabat s'il te trouve à rien faire.
Travaille, achève vîte à garnir ce pâté.

PATRONET.

Mets-toi vîte en besogne aussi de ton côté.

SCÈNE II.

L'ÉCHAUDÉ, BRIOCHETTE, PATRONET *faisant beaucoup de bruit avec son rouleau.*

L'ÉCHAUDÉ.

Qu'est-ce donc, s'il vous plaît? Voilà bien du tapage:
Pour un simple pâté faut-il tant d'étalage?
Je croyais que le feu ravageait la maison.
Que diront les voisins de tout ce carillon?
Croyez-vous être ici dans une Hôtellerie,
Où chacun s'étourdit par la criaillerie?
Vous, Monsieur Patronet, qui faites l'entendu,
Ce que vous pétrissez est autant de perdu.
Ma boutique aujourd'hui n'est pas reconnaissable,
Tous vos petits pâtés ne valent pas le diable;
On m'en fait des reproches, et je veux désormais
Que vous preniez le soin de n'y toucher jamais.

PATRONET *ôtant son tablier.*

Tout comme vous voudrez, et la chose est facile.
J'aurai du moins le temps de parcourir la Ville,
D'aller voir mes amis.

L'ÉCHAUDÉ.

Oh! tant qu'il vous plaira,
Même dès-à-présent on vous congédiera
Je ne veux plus enfin garder dans ma boutique
Un drôle, un paresseux qui chasse la pratique.
Saligot vous remplace, il est bon Cuisinier,
Et presque aussi savant qu'un Maître Pâtissier.

PATRONET.

Saligot me remplace!

L'ÉCHAUDÉ.

Il épouse ma fille
C'est un homme à talent de plus dans la famille.

BRIOCHETTE.

Ciel! que viens-je d'entendre!... Ah! je me trouve mal.

PATRONET, *en courant pousse rudement l'Échaudé.*

Je vole à son secours.

L'ÉCHAUDÉ.

Peste soit du brutal!
S'il eût poussé plus fort, il m'eût cassé la cuisse.

PATRONET.

Est-ce ma faute à moi, si votre plancher glisse.
Je volais au secours de ce jeune tendron.
N'auriez-vous pas sur vous de l'eau dans un flacon?
Donnez-lui du secours et faites diligence.
Hâtez-vous, s'il vous plait.

L'ÉCHAUDÉ.

Belle chienne d'avance.
Puisse-t-elle crever! J'en aurais du plaisir,
Puisqu'elle aime en tout tems à me désobéir.
La voilà qui revient... Ouvrez les yeux la belle.
Je prendrai mieux mon temps pour vider la querelle.
Vous, Monsieur Patronet, tournez-moi les talons.
Faites votre paquet, et vite, dénichons.
Votre compte est tout fait, et depuis cette année
Il vous revient neuf francs; de plus une tournée (*)
Pour avoir à ma fille osé parler d'amour.
Mais je vais y mettre ordre avant la fin du jour.
Recevez votre argent, et passez-moi la porte.

PATRONET.

Moi! si je le reçois que le diable m'emporte.
J'ai servi pour la gloire et vous en fais présent.
Ainsi, notre Bourgeois, resserrez votre argent.
De me faire sortir vous êtes bien le maitre,
Mais non de votre fille. Elle est à moi, peut-être.
Nous avons pris ensemble un bon arrangement.
Elle sera ma femme, il n'importe comment.
Craignez un Ciel vengeur, redoutez ma colère.
De Briochette encor je respecte le père;
Mais si par un refus vous osez m'outrager,
Voilà par quel chemin je saurai me venger.   (Il sort.)

SCÈNE III.

L'ÉCHAUDÉ, BRIOCHETTE.

L'ÉCHAUDÉ.

Comme il est insolent! C'est donc vous, Peronnelle,
Qui poussez ce gredin à me chercher querelle,
Qui mettez chaque jour le trouble en ma maison?
Votre mère à l'instant va m'en faire raison.
Vous êtes son élève, et je veux que sur l'heure
Vous quittiez ce logis pour une autre demeure.
N'avez-vous pas de honte, à l'âge où vous voilà,
D'aimer un polisson égal à celui-là?

(*) Une tournée, c'est-à-dire une volée de coups de bâton.

BRIOCHETTE.

Mon père, écoutez-moi : calmez votre colère.
Patronet de tout tems n'a cherché qu'à vous plaire.
Il est bon travailleur, économe ; en un mot,
Il est plus fait pour moi que votre Saligot,
Qui n'est qu'hargneux, boudeur, dont l'humeur est caustique :
Son détestable nom me donne la colique.
Oui, si vous me forcez d'accepter cet époux,
Il aura tout sujet de devenir jaloux.
Je sais ce qu'on doit faire en pareille occurence,
Et je le coifferai mieux que femme de France.

L'ÉCHAUDE.

Dieux ! qu'est-ce que j'entends ! Quoi ! devant ton papa
Prononcer un discours semblable à celui-là ?
Je ne sais qui me tient que je ne t'extermine ;
Va mourir de regret au fond d'une cuisine :
Mais ne te flatte pas de l'emporter sur moi.
Saligot dès demain doit recevoir ta foi.
Qu'on ne m'en parle plus c'est une affaire faite.
Reprenez votre ouvrage, et battez-moi retraite.
Songez que je suis père et veux être obéi.
Vous avez vos vouloirs et j'ai les miens aussi.

BRIOCHETTE.

Non : je n'en ferai rien. Je suis trop en colère,
        (*A part.*)
Et je le rosserais s'il n'était pas mon père.   (*Elle sort.*)

S C È N E   I V.

L'ÉCHAUDÉ *seul.*

Si je prends un bâton !... Voyez quelle fureur !
Vouloir me tenir tête, et prendre de l'humeur !
Ah ! je t'amollirai ta tête sans cervelle,
Et t'empêcherai bien de faire la cruelle.
Il ne faut point ici tourner autour du pot.
Dès demain, mon bijou, vous aurez Saligot.
Pour ce soir nous avons un souper de famille ;
J'y ferai les accords du gendre et de ma fille.
Nous nous divertirons, et Monsieur le Bailli
Doit me faire l'honneur de s'y trouver aussi.
Comme il est sans parens, il y viendra sans doute.
Il aime la bombance et la petite goute ;
Il pourra s'en donner à tire-la-rigaud,
Et j'en prendrai ma part. Mais, voici Saligot.

SCÈNE V.

L'ÉCHAUDÉ, SALIGOT.

L'ÉCHAUDÉ.

Saligot, approchez; vous recherchez ma fille;
Vous faites trop d'honneur à toute ma famille.
Je serais trop heureux de vous voir son mari,
Et les accords, ce soir, se finiront ici.
Le Bailli m'a promis d'y venir en personne.
Il se fait désirer; c'est un excellent homme.
Il faudra, dès ce soir, lui montrer vos papiers;
Qu'il les visite tous, des premiers aux derniers.
Etes-vous de Montmartre, ou de la Capitale?

SALIGOT.

Non. Je suis un Breton, né natif de Cancale.
Mon père était Robin, à ce que l'on m'a dit.

L'ÉCHAUDÉ.

Mais quel était son nom?

SALIGOT.

Ah! j'étais si petit,
Qu'il n'a jamais trouvé place dans ma mémoire.
Ma mère était servante, à ce que dit l'histoire;
Connaissant la cuisine et les détails du four,
Mon père l'occupait et la nuit et le jour.
Elle vint à mourir, et dans cette entrefaite,
Mon père désolé voulut battre retraite.
Il mit mon frère et moi dans une pension;
Lui chez un Paysan, moi chez un Maquignon.
Depuis ce tems fatal je ne vis plus mon père.
Je ne sais s'il respire, aussi-bien que mon frère.
Lorsque j'eus quatorze ans, un malheureux trépas
Enleva mon Patron; il mourut dans mes bras.
La veuve fut huit jours à pleurer le bon homme;
Puis me prenant la main pour y mettre une somme,
C'est pour toi, me dit-elle, emporte cet argent,
Gagne la Capitale, et vis tout doucement.
Je partis pour Paris, et sur ma bonne mine,
Je devins Marmiton chez un chef de cuisine.
J'y demeurai six ans, et sachant mon métier,
Je m'érigeai moi-même en Maître Pâtissier.
J'ai travaillé trois ans chez un Chanoine à Chartre;
Après, je suis venu m'établir à Montmartre.
Vous savez mon histoire. A l'égard des papiers,
Ne vous allarmez pas, on en vend aux Charniers.

L'ÉCHAUDÉ.

Dès demain, il faudra que vous en fassiez faire ;
On va vous étriller pour vous donner un père ;
Mais il vaut mieux payer, que d'avoir du retard ;
Vous serez légitime ; et fussiez-vous bâtard,
Vous pourrez décemment entrer dans ma famille :
Car, ma foi, sans cela vous n'auriez point ma fille.
Mais ne négligez rien pour vous en procurer ;
Le Notaire est ici très-facile à leurer.
Adieu ; jusqu'au revoir. Dépêchez, je vous prie.
Je vais tout préparer pour la cérémonie.
Ce soir nous souperons comme des petits Rois.

SALIGOT.

J'y joindrai pour vous plaire une tourte aux anchois.

(*L'Échaudé sort*).

SCÈNE VI.

SALIGOT, *seul.*

Je vais donc m'établir ; c'est une affaire faite,
Et j'épouse aujourd'hui la belle Briochette.
Mon cœur, chaud comme braise et brûlant de désir,
Va se trouver bientôt au comble du plaisir.
Mais je vois Patronet, ici que vient-il faire ?
A-t-il quelque dessein d'être à mes feux contraire ?
Vient-il pour m'insulter, me donner du souci ?
Il me lorgne bien fort.... Si j'étais loin d'ici.

SCÈNE VII.

PATRONET, SALIGOT.

PATRONET.

A moi, cuistre, deux mots.

SALIGOT.

     Parle donc, je t'écoute.

PATRONET.

Nous sommes seuls, je crois, ou du moins je m'en doute.
Sais-tu que le sujet qui m'amène en ces lieux,
Est pour te défier, pour t'assommer.

SALIGOT.

       Tant mieux !
Si c'est pour un combat, tu me vois sans allarmes.
Choisis le tems, le lieu ; choisis même les armes.
Tu peux, depuis l'épingle, aller jusqu'au canon.

2

PATRONET.

Pour toute arme, je veux choisir un bon bâton ;
C'est assez pour rosser un gueux, un tournebroche.

SALIGOT.

Je brave ton courroux, mon cœur est sans reproche.
Si l'Échaudé m'unit à sa fille aujourd'hui,
C'est que dans sa vieillesse il a besoin d'appui.
Si Briochette t'aime, elle dépend d'un père
Qui saura la guérir d'un amour téméraire ;
Qui saura la forcer à respecter ma foi.
J'ai dit ; je me retire, et je fais bien, je croi.

PATRONET.

Penses-tu m'étourdir avec une sornette ?
Il faut vaincre ou mourir, ou céder Briochette.
Je possède son cœur, elle a reçu ma foi ;
Et ton orgueil ici veut l'emporter sur moi !
Allons, dépêchons nous, vidons cette querelle ;
Voyons qui de nous deux obtiendra cette belle.
Avec ce bon tricot je vais te travailler.
Quand tu l'auras senti, ça va te réveiller.

SALIGOT.

Je suis dans un combat bon cheval de trompette ;
Je n'ai pas peur du bruit ; ainsi, crains ta défaite.
Crains ma valeur. En vain, tu prétends m'étriller ;
    (*Saligot prend une broche*)
Avec ce grand outil, moi, je vais t'enfiler.

SCÈNE VIII.

LES PRÉCÉDENS, BRIOCHETTE.

BRIOCHETTE, *accourant retenir Saligot.*

Arrête, malheureux, que ma flamme rejette ;
Epargne mon amant, et punis Briochette.
Si ta jalouse rage ose encor l'outrager,
Je m'offre pour victime. Allons, viens te venger ;
Viens faire le malheur de toute une famille.
Tu veux l'assassiner pour que je reste fille ;
Mais non pas, s'il vous plaît, vous en aurez menti.
Je n'en démordrai point, et j'ai pris mon parti.

PATRONET.

Quoi ! tu veux empêcher que j'assomme ce traître,
Qui dedans ce logis veut s'ériger en maître.

SALIGOT.

Si je ne le suis pas, je le serai bientôt,
Et vous ferai bien voir que je suis Saligot.

A toute heure, en tous lieux, je tiendrai ma promesse,
Tu peux bien y compter

PATRONET.

C'est assez, je te laisse.
Avant qu'il soit minuit, j'irai me présenter
A ta porte. Trois coups tu m'entendras frapper;
Ce sera le signal. Adieu Je me retire.   (*Il sort.*)

SALIGOT.

J'ai fait là le vaillant; ce n'était que pour rire.

SCÈNE IX.

DARIOLETTE, BRIOCHETTE, SALIGOT.

DARIOLETTE.

Ma sœur, on vous demande; allez dans le sallon.
Il faut tout préparer pour ce soir, ce dit-on.
Papa donne à souper à toute la famille.
Il vous cherche par-tout; il crie, il s'égosille.
Venez tout préparer pour ranger le festin.
On doit vous proposer un mari pour demain.
Ah! si c'était pour moi, que je serais contente!
Mais je suis, comme on dit, une pierre d'attente.

BRIOCHETTE.

Puissiez-vous aujourd'hui me remplacer, ma sœur!

SCÈNE X.

SALIGOT, DARIOLETTE.

Est-ce vous, Saligot, qui causez son humeur?
Elle marque pour vous bien de l'indifférence!
Si vous m'aviez choisie, ah! quelle différence!
Je vous aurais aimé tout comme mon chaton,
Et vous auriez été mon bijou, mon mignon.
Je vaux mieux que ma sœur; j'ai de la gentillesse, ·
De la vivacité, de l'esprit, de l'adresse.
C'est moi le plus souvent qui garde le comptoir.
Tout le monde se fait un plaisir de m'y voir.
Je parle à tout venant, aux gens du haut étage,
Et je vaux un trésor pour le bien d'un ménage.
Voyez la différence entre ma sœur et moi.

SALIGOT.

Oui, vous avez raison. Je suis de bonne foi,
Si j'avais su penser, vous étiez mon affaire;
Mais j'ai donné parole à Monsieur votre père.
A propos, voulez-vous épouser Patronet?
C'est un homme à talent, il serait votre fait.

⸺ est bon Pâtissier, il fait bien la cuisine ;
Il est jeune, bien fait, il est de bonne mine.
Je crois qu'en tous les points il peut vous convenir.

DARIOLETTE.

Eh ! c'était vous, frippon, que je voulais choisir.
Mais puisqu'il n'est plus temps, suivons ma destinée.
Je vais donc rester fille encor toute l'année !....
Quel supplice, grand Dieu ! J'en vois beaucoup ici,
Qui pleurent, comme moi, de rester fille aussi.
Mais j'aurai beau crier, c'est une affaire faite.

SALIGOT.

Prenez votre parti, belle Dariolette.
Peut-être quelqu'époux viendra vous rechercher.
A votre âge on les trouve, avant de les chercher.
Je m'offre à vous servir, et j'en fais mon affaire.

DARIOLETTE.

C'est un devoir pour vous, étant presque beau-frère.
Songez que je le veux aimable et point jaloux,
Et qui soit en tout point aussi genti que vous. (*Elle sort.*)

SCÈNE XI.

SALIGOT, *seul*.

Ah ! le charmant minois ! qu'elle est vive et légère !
Tout bien considéré c'était-là mon affaire.
Je me suis trop pressé. Parbleu ! je suis un sot ;
Pour donner à manger, c'était mon vrai balot ;
Avec un tel bijou, j'aurais fait ma fortune.
Mais je vois le Bailli, son aspect m'importune.
On ne peut avec lui dire le moindre mot.
Lui seul a de l'esprit, et tout le monde est sot.
Je vais voir si quelqu'un prend soin de ma marmite,
Arranger le souper, voir si ma tourte est cuite.

SCÈNE XII.

L'ÉCHAUDÉ, LE BAILLI.

L'ÉCHAUDÉ.

Le dessein en est pris ; oui, Monsieur le Bailli,
J'établis Briochette et la cadette aussi ;
L'aînée est pour ce soir, l'autre est presque promise.
Ce parti lui convient, puisqu'il est à ma guise.
Ce soir nous accordons ; on s'épouse demain.
Je sais qu'on va gémir et bouder dans un coin,
Larmoyer, se pâmer, faire le diable à quatre ;

Il faut que cela soit, quand je devrais la battre.
Elle va s'obstiner, dire : je ne veux pas.
Il faut que dès demain elle saute le pas.
Vous nous ferez l'honneur d'être des accordailles :
Car sans vous, ventrebleu ! peut-on faire ripailles !
J'espère que ce soir nous aurons le bonheur
De souper avec vous ?...

LE BAILLI.

Du meilleur de mon cœur.

Vous connaissez pour vous mon amitié sincère,
Et Briochette en moi retrouve un second père.
De signer un contrat je me fais un plaisir.
Sans doute que l'époux a su lui convenir.
Est-ce un homme à talent ?

L'ÉCHAUDÉ.

Comment donc! il excelle.

De tous les Cuisiniers c'est le parfait modèle.
De l'esprit comme un Ange, et fin comme un Démon ;
Il vous fait un pâté mieux que moi, ce dit-on,
Fricasse le poulet ; fait bœuf à la royale,
Tourte, petits pâtés et biscuits du Bengale ;
Des chapons au gros sel, haricot de mouton,
Du jambon persillé, poularde au cornichon,
Entremets et gigots, caille, perdrix, bécasse,
Il fricasse de tout, et rien ne l'embarrasse.

LE BAILLI.

Si la chose est ainsi, ma foi, vous faites bien.
Lui seul il réunit votre état et le sien.
Avec tant de mérite il vous est nécessaire.
Et vous faites, je crois, une très-bonne affaire.
Vous deviendrez Bourgeois en cédant la maison.
Epousant votre fille, il doit avoir le fond ;
Il le fera valoir pour peu qu'il ait d'avance.

L'ÉCHAUDÉ.

J'ai placé quelqu'argent, et j'attends l'échéance
De deux billets qui sont de douze mille francs,
Que je veux partager à ces pauvres enfans.
La maison que j'occupe est grande et bien meublée,
J'y place dès ce soir toute mon assemblée.
Je partage le tout assez exactement ;
Mon gendre avec ma fille occupe le devant ;
Ensuite ma cadette avec la chambriere,
Sur le même quarré, seront sur le derrière ;
Ma bonne femme et moi resterons au premier.
A mon âge, compère, on doit s'apprécier.

LE BAILLI.

Mais vous avez encor du logement de reste,
Et votre arrangement me parait un peu preste.
S'il vous venait du monde, eh ! comment feriez-vous
Pour donner à manger ?

L'ÉCHAUDÉ.

Il en vient peu chez nous.
Le plus fort du débit se fait toujours en ville.
D'ailleurs, pour des repas ma salle est fort utile ;
Soit noces ou festins, on peut tout à loisir
Boire, manger, danser et se bien divertir.
Mais Gate-Sauce vient...

SCÈNE XIII.

LES PRÉCÉDENS, GATE-SAUCE.

GATE-SAUCE.

Monsieur, la table est mise,
Et vous serez servis, je crois, à votre guise.
Nous avons un dindon, un grand plat d'abatis,
Du mouton aux navets, quatre poulets rôtis,
Une poularde aux choux, un gigot à la braise.

LE BAILLI.

Un gigot, cher ami, je ne me sens pas d'aise !
Par ma foi, l'Échaudé, vous êtes un luron,
Qui traitez vos amis de la bonne façon.

L'ÉCHAUDE

Fi donc ! Vous vous moquez ; ce n'est qu'une misère.
Je voudrais bien pouvoir vous faire bonne chère ;
Mais l'argent est si rare au siècle où nous voilà,
Qu'on ne sait que donner. Et du vin ?

LE BAILLI.

Alte-là.
Quoique ce soit chez vous, vous voudrez bien permettre
Qu'on vienne, de ma part, ici vous en remettre.
Vous en boirez du bon. C'est un plaideur, ma foi,
Qui m'en a fait présent.

L'ÉCHAUDÉ.

Eh ! parbleu ! je le croi.
Les gens de robe en ont de toutes les espèces,
Qui ne leur coûtent guere.

LE BAILLI.

Il faut un peu d'adresse.
Un Plaideur aujourd'hui promet et donne peu.
A force de gruger on n'a plus si beau jeu.
Il s'en trouve toujours quelqu'un de plus docile.

L'ÉCHAUDÉ.

Ce n'est pas là le mot ; dites plus imbécile.
Car quand on veut plaider, si l'on ne donne rien,
L'affaire tôt ou tard ne tourne jamais bien.

LE BAILLI

Vous avez de l'esprit, il faut en faire usage.

GATE-SAUCE.

Le souper sera froid.

LE BAILLI.

Ce serait grand dommage !

L'ÉCHAUDÉ.

Nous allons commencer par en boire du nouveau ;
Pour cela, tout exprès, j'en entame un tonneau. (*Ils sortent.*)

SCÈNE XIV.

GATE-SAUCE, *seul.*

Quand ils sont à causer, rien ne les peut distraire.
Les femmes jasent moins ; ma foi, c'est leur affaire.
C'est demain qu'on entend ronfler les violons,
Et nous ferons, parbleu, danser les cotillons.
Faisons vite l'ouvrage, et rangeons la boutique ;
Puis j'irai, pour demain, commander la Musique.
Notre Bourgeoise l'aime, et demain, sans tarder,
Nous aurons par ma foi, de quoi l'affriander.
Mais qui frappe à présent si tard à notre porte ?

SCÈNE XV.

BISCOTIN, GATE-SAUCE.

BISCOTIN.

Gate-Sauce, ouvre-moi, c'est du vin que j'apporte.

GATE-SAUCE.

Ah ! c'est toi, Biscotin ; viens, sois le bien venu.
Quand on apporte ici, chacun est bien reçu ;
Mais il ne faut jamais rien demander du nôtre,
Ou bien notre Bourgeois envoie tout au piautre.
Mais pourquoi donc ce vin ? nous en avons ici.

BISCOTIN.

Ce vin est un présent de Monsieur le Bailli.
Il savait que ce soir on ferait bonne chère,
Et veut de son côté régaler la commère.
Porte-le dans la salle, et rends-moi mon panier.

GATE-SAUCE

Attends-moi ; je reviens, pour ne pas l'oublier. (*Il sort.*)

SCÉNE XVI.

BISCOTIN, PATRONET.

BISCOTIN.

Et moi, je vais ouvrir la porte de la rue
Au pauvre Patronet qui fait le pied de grue.
Je prétends le servir, c'est un brave garçon.
Entre, je suis tout seul gardien de la maison.

PATRONET.

Avec qui causais-tu ?

BISCOTIN.

C'est avec Gate-Sauce.
Je crains qu'on nous surprenne, et j'en aurais l'endosse.
Vîte, dépêche-toi? Quel est donc ton projet ?

PATRONET.

Le voici; mais sur-tout garde bien le secret.
Tu sais que l'Échaudé ne cherche qu'à me nuire,
Que sur ses deux enfans il a beaucoup d'empire;
Tu sais que ce matin, sans beaucoup de raison,
Il m'a grondé, payé, chassé de sa maison.
Mais je veux m'en venger, enlever Briochette.
Je vais, à cet effet, me faire une cachette
Tout à côté du four. Va chercher le panier.
Remets à Briochette à l'instant ton papier.
Je lui dis que je suis caché dans la cuisine,
Qu'elle vienne à l'instant. Mais quelle est cette mine?
Serait-ce l'Échaudé? Eh! vîte, sauve-toi.

LE BAILLI, *sans être vu.*

Haut le coude, Messieurs; qu'on boive comme moi.

SCÈNE XVII.

PATRONET, *seul.*

Ils sont tous dans la joie, et moi dans la tristesse.
Allons, point de quartier, que toute crainte cesse.
Rentrons dans ma cachette, et saisissons l'instant
Où je pourrai trouver ce fortuné moment.

SCÈNE XVIII.

GATE-SAUCE, BISCOTIN.

GATE-SAUCE.

Au revoir, Biscotin. Bon soir, mon camarade.
Demain nous danserons et nous boirons rasade.

BISCOTIN.

Demain je suis à toi. Tope, de tout mon cœur.
  (*A part, en s'en allant.*)
J'ai glissé le billet, et c'est là le meilleur. (*Il sort.*)

SCÈNE XIX.

GATE-SAUCE, PATRONET.

GATE-SAUCE, *sans voir Patronet.*

Notre monde est, ma foi, de bonne humeur à table.
Briochette pourtant n'a pas l'air agréable.
Je crois que Patronet l'occupe jour et nuit ;
Le drôle est bien malin, il fourmille d'esprit.
Mais elle est pour un autre, et je crains que la fête
Ne donne à Saligot un très-grand mal de tête ;
Mais faisons notre ouvrage, et vîte dépêchons,
Car on gronde toujours les pauvres Marmitons.
Commençons par le four....
  (*Ici Patronet se fait voir à Gate-Sauce, qui recule de peur.*)
          A l'aide, misérable !
Ciel, que viens-je de voir dans ce coin !

PATRONET *grossissant sa voix.*

                    C'est le diable.

GATE-SAUCE, *effraye.*

Au secours ! au voleur ! Eh vite, venez donc.

SCÈNE XX.

LES MÊMES, L'ECHAUDÉ, BRIOCHETTE, LE BAILLI, SALIGOT.

L'ÉCHAUDÉ.

Qu'as-tu donc à crier ?

GATE-SAUCE.

      Le diable, vous dit-on.

L'ÉCHAUDÉ.

As-tu perdu l'esprit, dis-moi donc imbécile ?

GATE-SAUCE.

Si vous voulez le voir, il vous sera facile,
Regardez dans le fond tout à côté du four.

LE BAILLI.

Pour moi, je ne vois rien. Peste soit du balourd.
(*Briochette vient, apperçoit Patronet, court à lui, et ils fuyent ensemble*)

GATE-SAUCE.

Ah ! nous sommes perdus, il a gagné la porte,
Votre fille.... Ah ! grands Dieux ?

LE BAILLI.

Quoi !

GATE-SAUCE.

Le diable l'emporte.

LE BAILLI.

Je crois que ce coquin cherche à nous faire peur.
Mais je ne la vois plus. Au meurtre ! au ravisseur !
Armez-vous de bâtons, et suivez le coupable.

L'ÉCHAUDÉ.

Que vais-je devenir ? Ah ! père misérable !

SALIGOT.

Rassurez-vous papa ; calmez votre douleur,
Je cours pour vous venger. Ayez soin de ma sœur.

SCÈNE XXI.

L'ÉCHAUDÉ, LE BAILLI, DARIOLETTE.

L'ÉCHAUDÉ.

Moi, je vais avec eux.

LE BAILLI.

La peste, si je reste !

DARIOLETTE.

S'il allait revenir !

LE BAILLI.

Il n'est pas assez leste.
D'ailleurs il a sa proie, et soit dit entre nous,
De vouloir la quitter il n'est pas assez fou.

DARIOLETTE.

Quoi ! Monsieur le Bailli, le Ciel serait capable
De permettre à ma sœur qu'elle épouse le diable,
Et mon père pourrait consentir à cela !

LE BAILLI.

Jamais il ne fera cette sottise-là,
C'est bien assez d'avoir l'enfer dans sa famille.

DARIOLETTE.

Eh ! comment donc cela ?

L'ÉCHAUDÉ.

Quand on a femme et fille,
N'est-ce pas, comme on dit, l'enfer dans la maison ?
Il ne manquerait plus que d'y joindre un démon.
Mais, Monsieur le Bailli, comment allons-nous faire ?

LE BAILLI.

Peste ! ceci n'est point une petite affaire,
Puisque le diable vient de s'en accommoder,
Pour l'ôter de sa griffe, il nous faudra plaider.

Il entend la chicane et plaide mieux qu'un autre.
Je suis dans l'embarras.
DARIOLETTE.
Il fait aussi le nôtre.
Pauvre sœur ! quel sera ton funeste destin !
LE BAILLI
Le diable a, de tout tems, aimé le féminin.
L'ÉCHAUDÉ.
Mais puisqu'à me voler le drôle était si preste,
Il devait emporter la femme qui me reste.
Il m'aurait tout d'un coup délivré d'embarras.
LE BAILLI.
Croyez que le gaillard n'en chomme pas là-bas.
L'ÉCHAUDÉ.
Ah ! Monsieur le Bailli, je suis bien misérable !
Mais j'entends bien du bruit. Qui heurte ?

SCÈNE XXII.

LES PRÉCÉDENS, SALIGOT, BRIOCHETTE, GATE-SAUCE.

GATE-SAUCE.
C'est le diable.
Ouvrez, ouvrez-nous donc. Nous amenons ici
Le ravisseur de fille et sa maîtresse aussi.
LE BAILLI.
Quelle peur il m'a fait ! que la peste te crève !
Comment l'avez-vous pris !
GATE-SAUCE.
Il s'embarquait pour Seve.
Nos gens ont parcouru, de l'un à l'autre bout,
Paris et ses faubourgs, et tournaient vers St-Cloud.
Accablés de fatigue, aveuglés de poussière,
Nous perdions tout espoir, quand une Batelière ;
Nous voyant inquiets, vint aussi-tôt à nous.
Vous êtes tout en eau, Messieurs, que cherchez-vous ?
N'est-ce point un jeune homme avec une fillette ?
Justement. Ce sont eux ; ils ont fait maison nette.
Prenez, a-t-elle dit, bien vîte ce chemin,
Vous les rattraperez ; ils ne sont pas bien loin.
Nous les avons rejoins au bord de la rivière.
Le drôle s'apprêtait à nous rompre en visière ;
Mais un bon Paysan, lui sautant au collet,
Lui dit : Arrête-là, notre ami Patronet.
L'ÉCHAUDÉ.
Patronet ! Justes Dieux ! ah quelle perfidie !
Le drôle doit payer cet affront de sa vie.

SCÈNE XXIII.

L'ÉCHAUDÉ , LE BAILLI.

L'ÉCHAUDÉ.

C'est vous que je réclame pour cette affaire-ci.
Faites bien son procès, entendez-vous, Bailli ?
Punissez-les tous deux : car ma fille est complice.
Faites votre devoir ; ordonnez leur supplice.
Je veux que tout Montmartre en frémisse d'horreur,
Et je vais m'énivrer pour calmer ma douleur.

LE BAILLI.

Un moment, s'il vous plait, ne perdons pas la tête.
Si vous vous énivrez, que je sois de la fête.
Allons tout bonnement finir notre festin,
Et nous les jugerons tout aussi-bien demain.

L'ÉCHAUDE.

Punissez un coquin qui s'embarquait pour Seve,
Qui me fait un affront. Il faudra que j'en creve.
L'auriez-vous jamais cru ?

LE BAILLI.

Certes , le trait est noir.
Mais je vais vous venger. On vient. Vous allez voir.

SCÈNE DERNIÈRE.

TOUS LES ACTEURS.

SALIGOT.

Voici les fuyards, qu'en ces lieux on ramène.
Faut-il les garrotter ?

LE BAILLI.

Non , ce n'est pas la peine.
Que la Garde se tienne à quelques pas d'ici.
Vous , Monsieur Saligot, éloignez-vous aussi.
Approche , scélérat ; viens confesser ton crime.
De cet enlèvement tu vas être victime :
Réponds donc à ton Juge, ose l'envisager.

PATRONET.

Quel que soit ton courroux, j'en crains peu le danger.
Peste soit du crasseux avec sa sotte mine ;
Et son maudit gazon tout couvert de farine.

LE BAILLI.

Comment ! un criminel ose parler ainsi.

L'ÉCHAUDÉ.

Bailli , voyons un peu la fin de tout ceci.

LE BAILLI.

Tu vas bien payer cher cet excès d'arrogance.
Scélérat ! suborneur ! frémis ici d'avance.
Écoute ton arrêt dicté par le daron :
Le tort que tu faisais étant dans sa maison,
L'Échaudé, c'est à vous d'accuser le complice,
Si vous voulez qu'ici je rende la justice
Parlez ; qu'a-t-il donc fait lorsqu'il était chez vous ?
Dites la vérité. Messieurs, écoutez tous.

L'ÉCHAUDÉ.

Ce qu'il a fait ? Il a renversé ma marmite,
En a tiré la viande avant qu'elle ne fut cuite.
Ce qu'il a fait ? Volé poulardes et chapons,
Pour les aller manger le soir aux Porcherons.
Ce qu'il a fait ? Un jour qu'il était en colère,
Il voulut assommer ma pauvre Chambrière.
Ce qu'il a fait ? Hélas ! le jour de Saint-Martin,
Il a mis dans ma cave un tiers d'eau dans mon vin.
Ce qu'il a fait enfin ? Il enlève ma fille ;
Il met le déshonneur dans toute ma famille.
Parlez, juste Bailli, que vous faut-il encor ?

LE BAILLI.

L'Échaudé, c'est assez ; et quand il sera mort,
Nous n'en parlerons plus...

BRIOCHETTE *au Bailli.*

Arrêtez, téméraire.
Je meurs s'il faut qu'il meure ; écoutez-moi, mon père.
Laissez-vous désarmer, et souffrez qu'aujourd'hui
Je prenne sa défense et je plaide pour lui.

L'ÉCHAUDÉ.

Belle cause vraiment que vous allez défendre !

BRIOCHETTE.

Eh ! faute de parler, faut-il le laisser pendre ?
Vous ne connaissez pas encore tout mon malheur.
Vous avez refusé de faire mon bonheur.
Je croyais l'épouser, et sur cette assurance
Mon cœur.... s'est... sans votre ordre ... émancipé d'avance.
Hélas ! mon cher papa, vous l'avez entendu.

LE BAILLI.

Ah ! voilà donc le hic !

L'ÉCHAUDÉ.

Je reste confondu.

LE BAILLI.

Morbleu ! voici qui va déranger notre affaire.
Je suis presqu'obligé de retarder.

BRIOCHETTE.

Mon père!
Eh! quel autre que moi doit prendre son parti?
Si je le perds, hélas! quel sera mon appui?
Notre amour est conclu, plus de sermens à faire?
Qui peut nous désunir?

LE BAILLI.

J'en ferai mon affaire.

BRIOCHETTE.

Grand merci, Monseigneur. Pesté soit du vieux sot!
J'aimerais mieux cent fois consulter un fagot.
Le tout est par écrit scellé de signature.

LE BAILLI

Grands Dieux! un tel forfait outrage la nature.

BRIOCHETTE.

Dieu! qu'est-ce que j'entends! Hélas! de tous côtés,
Je ne vois que des gens à me nuire butés.

PATRONET.

Cesse de t'alarmer, et sois toujours constante,
Le trépas désormais n'a rien qui m'épouvante.
Ne nous épargne plus, et juge-nous, Bailli.

LE BAILLI.

Diable soit du métier! je suis tout attendri.
Il faut un jugement, et qu'il soit authentique:
Il faut les exiler à l'île Dominique.

L ECHAUDÉ.

Alte-là, s'il vous plaît; ce n'est pas mon avis.
Saligot est mon gendre, et comme j'ai promis,
Il faut dès-à-présent l'unir à Briochette.

SALIGOT.

Je vous suis obligé d'une pareille emplette.
Le tour serait tout neuf et paraîtrait plaisant:
Vous pouvez, par ma foi, garder votre présent.

LE BAILLI.

Eh! de quoi te plains-tu? Ce n'est pas une affaire
Devenant le mari, tu deviendras le père.

SALIGOT.

Ce n'est point-là mon compte; et s'il faut épouser,
Je choisis la cadette....

LE BAILLI, à l'Échaudé.

Il faut acquiescer....

L'ECHAUDE.

Et notre criminel en est-il moins coupable?
Je demande justice. Il est trop condamnable:
Je veux absolument qu'on m'en fasse raison.

PATRONET.

On craint peu le trépas quand on est Bas-Breton.

LE BAILLI.

Quoi! vous êtes Breton? Seriez-vous de Lamhale?

PATRONET.

Non, non, vous vous trompez: car je suis de Cancale.

LE BAILLI

De Cancale! Grand Dieu! je suis dans un soupçon...
Sa figure, son âge ont troublé ma raison.
Vous souvenez-vous bien quel était votre père?

PATRONET.

Ma foi, s'il m'en souvient, il ne m'en souvient guère.
Il était Procureur, Notaire; ce dit-on.
Il mit mon frère et moi dans une pension;
Puis après quelque tems il épousa ma mère,
Qui depuis fort long-temps était sa cuisinière.
Voilà ce que je sais de notre pays.

LE BAILLI.

(*Cette reconnaissance se fait d'une manière comique. Lorsque
le Bailli embrasse Patronet, Saligot tombe sur son frère.*)

Tu l'emportes, nature; embrasse-moi, mon fils.

SALIGOT.

Son fils! Qu'ai-je entendu! grands Dieux! il est mon frère

L'ÉCHAUDÉ.

Bon! quel diable de conte! et quelle est cette histoire?

LE BAILLI.

Le Ciel, qui quelquefois laisse tout aux hazards,
Légitime deux fils que je croyais bâtards.

SALIGOT.

De t'avoir offensé, pardonne-moi, mon frère,
On doit tout oublier quand on retrouve un père.

LE BAILLI.

Je n'aurais jamais cru qu'on vous eût élevés,
Et vous comptais tous deux chez les enfans trouvés.
Mais puisqu'il n'en est rien : que le Ciel vous bénisse.
Soyez honnêtes gens, et craignez la Justice.
Patronet, épousez la fille du Patron;
Le plus fort en est fait, ainsi plus de façon.
L'Echaudé voudra bien se prêter à la chose.
Sur cet enlèvement on tiendra bouche close.
Il faut dans ce beau jour s'allier doublement.
A mon fils le cadet donnez ce bel enfant;
Cette fête pour nous va devenir complette.
Aimez-vous Saligot? Parlez Dariolette.

DARIOLETTE.

Oui, je l'aime vraiment, et si papa voulait
Nous donner son aveu, Saligot est mon fait.

L'ECHAUDÉ.

Tu pouvais t'en passer, regarde ton aînée,
Sans qu'on en sache rien, elle était subjuguée.

LE BAILLI.

Allons, ne parlons plus de cet accident-là.
La faute est réparée, en jase qui voudra.
Nous pouvons désormais unir nos deux familles,
Je ne me sens pas d'aise, embrassez-moi mes filles.
Qui m'aurait jamais dit que ces deux frippons-là
Reviendraient de si loin retrouver un papa.
Que des gens aujourd'hui connaissent une mère
Dont le grand embarras est de trouver un père.

FIN.

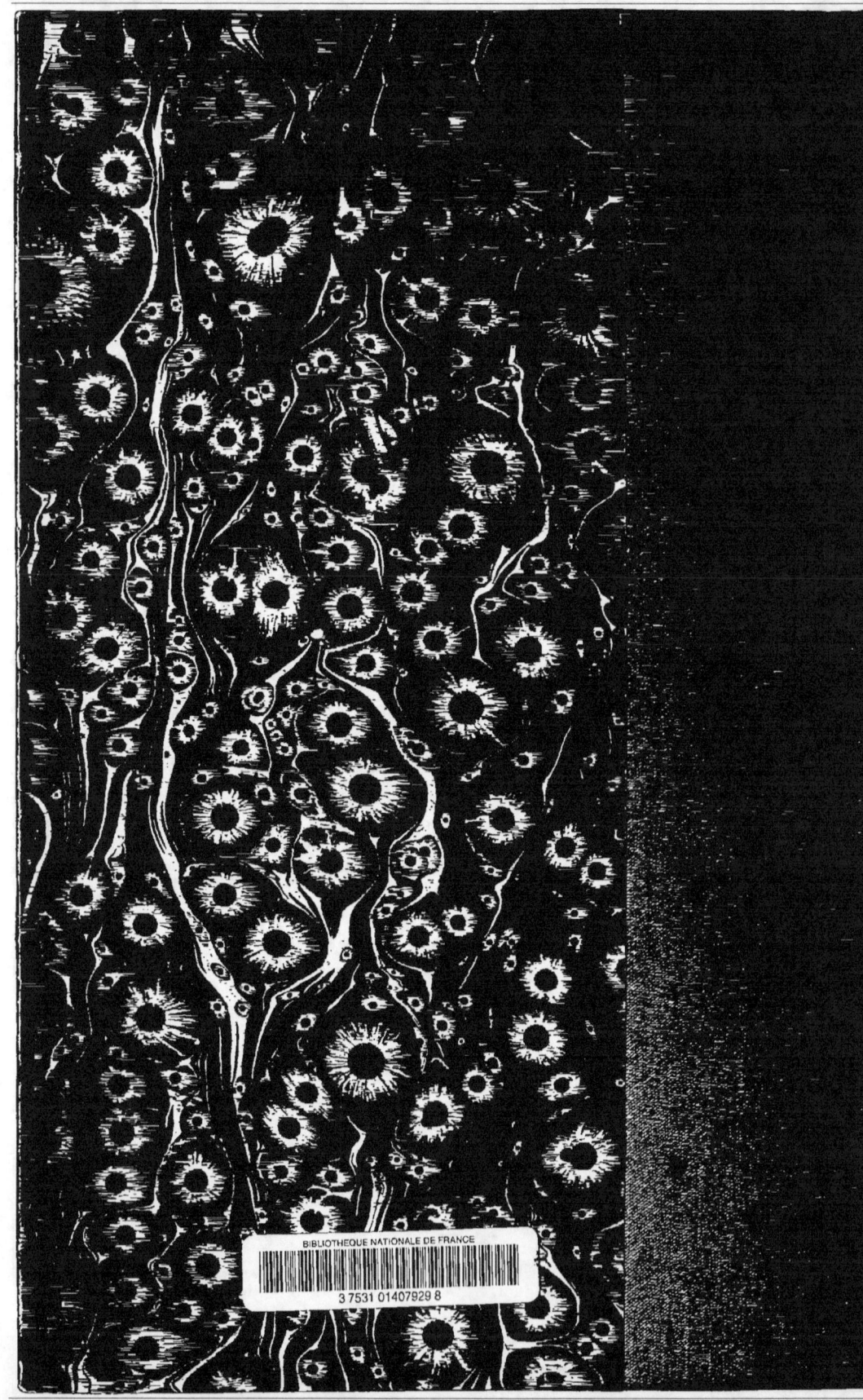

www.ingramcontent.com/pod-product-compliance
Lightning Source LLC
Chambersburg PA
CBHW061645180626
46818CB00003B/979

* 9 7 8 2 0 1 9 6 1 6 2 6 7 *